¡Agradecer es lo máximo!

Creado por C. Alva
Ilustraciones por Alan Oronoz

Series for Kids

Publicado por
Hasmark Publishing, judy@hasmarkservices.com

Copyright © 2017 Claudia Alvarez Duarte
Primera edición

Creado por
C. Alva

Ilustraciones
Alan Oronoz
contacto@alanoronoz.com

Editor de libros
Lex Maritta
lexmaritta@gmail.com

Diseño de libro
Anne Karklins
annekarklins@gmail.com

ISBN-13: 978-1-988071-57-2
ISBN-10: 1988071577

Dedicado a Iker y Paolo
con infinita gratitud por llegar a mi vida

Hola, yo soy Tony
Y yo soy Lili,
somos hermanos gemelos.

¡GRACIAS por escuchar
nuestra historia, te vas a divertir!

Todas las noches antes de dormirme
mi mamá o mi papá nos leen un cuento.
¡GRACIAS por todas las buenas historias!

4

Después damos las GRACIAS por tres cosas que sucedieron en el día.

Los científicos descubrieron que
el dar las gracias hace que tu cerebro
haga unos jugos que le gustan mucho
a tu corazón y lo hacen sentirse feliz.

A veces me gusta bromear con mis papas y decir cosas graciosas por las que estoy agradecido.

¡GRACIAS por que mi mamá usa pañal!

Todos nos reímos, y decimos alguna otra cosa graciosa y seguimos con dar las gracias.

¡GRACIAS por qué Tony todavía es bebé!

A veces no se me ocurre que decir
y ellos me ayudan a recordar.

¡GRACIAS por que mi cuerpo es sano y fuerte!

HIPO...TALAMO

15

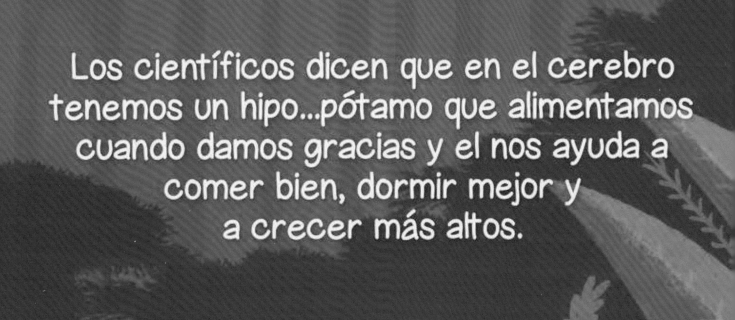

Los científicos dicen que en el cerebro
tenemos un hipo...pótamo que alimentamos
cuando damos gracias y el nos ayuda a
comer bien, dormir mejor y
a crecer más altos.

Cuando das gracias y lo sientes de corazón,
le das más poderes a los guerreros
que tienes en tu cuerpo para protegerte
de las enfermedades.

¡GRACIAS por los guerreros
que cuidan de mi cuerpo!

Cuando das gracias te sientes satisfecho
y feliz con lo que tienes y te da gusto
que los otros también tengan cosas
que tal vez tu quieres.

¡GRACIAS por todas las herramientas
que tengo para descubrir y disfrutar el mundo!

GRACIAS por Si2,
mi mascota que me sigue
a todos lados y me cuida.

GRACIAS por los arboles que nos dan sombra y limpian el aire que respiramos.

Cuando algo que no esperaba me pasa,
busco el lado bueno de eso y
agradezco por lo bueno.

¡GRACIAS por que mi maravilloso cerebro
que me ayuda a construir lo que deseo!

27

¿Y TU porque estas
agradecido el día de hoy?

Sugerencias

Para Mamás y Papás: Pídele al niño que mientras le lees el cuento piense en 3 cosas por las que está agradecido y las comparta contigo, tú has lo mismo piensa en 3 cosas por las que estés agradecido y compártelas con él. Léele el cuento antes de irse a dormir durante 30 días seguidos, no te tomará más de 5 minutos… y ve los cambios en tu nene y en ti.

Para Maestros: Léeles el cuento y al terminar pídeles que dibujen algo por lo que están agradecidos y al terminar que lo compartan con el grupo.

Sobre la autora

C. Alva estudió una Licenciatura en Psicología en México, una Maestría y un Diplomado en Arte-Terapia en Suiza y Dinamarca, respectivamente. Ha trabajado como psicoterapeuta y maestra de niños, adolescentes y adultos en instituciones públicas y privadas. En el año 2002 dejó México para ir a trabajar como maestra de primaria en un suburbio de Chicago, Illinois; fue entonces que se enamoró de los libros infantiles. Estudió con detenimiento el material de Carl Gustav Jung, la Psicología Gestalt, Terapia Breve, Terapia de Artes Expresivas, y tomó un Diplomado en Terapia Gestalt para niños y adolescentes y Terapia de Danza en Guadalajara, México. Formó parte de la Compañía de Danza Experimental Lola Lince como bailarina amateur. Gusta de llamarse a sí misma una "artista multimodal". En su búsqueda espiritual estudió la Biblia, los escritos de Alan Watts, Krishnamurti, Buda, el Tao, el I Ching, y estudió Psicomagia y Psicochamanismo con Alejandro Jodorowsky y leyó la obra de Carl Sagan. Por último, pero no menos importante, estudió la aplicación de las leyes del Universo al cambio humano, con varios libros y programas de Bob Proctor.

Ahora de regreso en México, orgullosa madre de dos niños que la inspiran, unió sus conocimientos de psicología, arte y espiritualidad para enseñar a niños (y adultos) de manera divertida y sencilla los contenidos que de acuerdo a lo que han encontrado la Ciencia y a lo que ha pregonado las enseñanzas espirituales ancestrales son esenciales para el bienestar humano.

@fusingartsciencespirituality

we make your literary wish come true

Tony y Lili

Se complacen en presentarte a sus amigas:

Las Hadas Literarias

TLF (por sus siglas en inglés), es un lugar genial donde puedes descubrir como publicar tus libros o cómo ayudar a otros a lograr su deseo literario. Para obtener más detalles sobre lo que hacemos y cómo puedes ayudar, y también para poder imprimir unas páginas GRATIS para colorear y para completar la historia en blanco, visítanos en la siguiente liga:

http://theliteraryfairies.com/free-for-kids/